暗夜·星语

暗夜星语 著

深圳出版发行集团
海天出版社

图书在版编目（CIP）数据

暗夜·星语/暗夜星语著.—— 深圳：海天出版社，2012.6

ISBN 978-7-5507-0424-4

Ⅰ.①暗… Ⅱ.①暗… Ⅲ.①诗集—中国—当代 Ⅳ.①I227

中国版本图书馆CIP数据核字(2012)第089376号

暗夜·星语
ANYE·XINGYU

出 品 人	尹昌龙
责任编辑	谢　芳
责任技编	梁立新
装帧设计	斯迈德设计 0755-83144228

出版发行	海天出版社
地　　址	深圳市彩田南路海天大厦（518033）
网　　址	www.htph.com.cn
订购电话	0755-83460293（批发）0755-83460397（邮购）
排版设计	深圳市斯迈德设计企划有限公司
印　　刷	深圳市佳信达印务有限公司
开　　本	787mm×1092mm　1/64
印　　张	1.5625
字　　数	100千
版　　次	2012年6月第1版
印　　次	2012年6月第1次
印　　数	1-1000册
定　　价	18.00元

海天版图书版权所有，侵权必究。
海天版图书凡有印装质量问题，请随时向承印厂调换。

序

"诗"是自由的。

强加束缚是出不来"诗"的,纵然出得来,也是"糟粕"。

"诗"所抒发的是书写的人的灵光乍现,抑或是当时的心情。

我是这样认为的。

暗夜星语

2012年3月20日

目 录

暗夜

暗夜 ······ 2

夜没睡 ······ 4

当（一）······ 5

当（二）······ 6

当（三）······ 7

梦，烟雨！······ 9

杂感 ······ 11

雨·四季 ······ 12

物语·茶 ······ 16

寻 ······ 19

思念 ······ 21

迷茫	23
十三	25
那抹春	27
风车	29
纸鸢	30
霾	32
夜路	34
不再	38
离秋	41
清明	42
坟	46
潮	48
封印	50
棉花糖	53
端午	55
芒种	57

立秋	59
九月九	61
深秋	63
黄昏	64
念	66
染	67
樱	68
杏	69

星语

七夕	72
中秋	73
活	74
宿噫	75
猸观音	76
盐之过	77

小醉	78
端阳	79
芒种	81
中元	82
团圆（一）	83
团圆（二）	83
九月九	84
失眠	85
问愚	86
洗愚	88

后记 ……… 89

暗夜

暗夜

寂静盖着田庄,

稀疏的虫鸣编织着星幕;

深密的草海泛着萤光,

那是火虫灯塔在指引山峦的航向;

繁虫在合唱,

慰谢那不舍的河流。

村庄恬静地躺着,

凝视着幕上的星眸。

梯田不枉农人的劳作,

尽是黄绿橙蓝;

暗夜

是要用庄稼去说①那星光吧?
沉甸甸的踏实才对得起土地。

风不歇地送着信,
该是换季的时节了。
忘了皎洁的月,
又去眷顾东郭西坊了吧。
我看着天幕,
坐在梦里聆听着星语。

2011.07.09

---

① 说:[shuì]动词,劝说,说服。这里是说:务实的庄稼想用沉甸甸的收获,去劝说在飘渺的天上的星星别再好高骛远了。

夜没睡

夜没睡

只因那可爱的月

这不是借口

心在欢悦

沉睡精灵

奇迹般的沉睡了

夜是那么的美

心已陶醉

2006.10.20

当（一）

当风吹过我的耳际，

我落泪了……

当雨倾盆落向大地，

我呜咽了……

这一刻我无语，

我站在风中，

立在雨里，

等着暗夜的降临……

2006.10.30

当（二）

当风不在的时候，
还有雨。
当雨停了，
风儿带着泥土的气息，
拂过我的脸庞。
然后美丽的夜带着静寂降临，
我的心开始欢腾，
欢腾这美丽的夜。

2006.11.01

当（三）

赠给我的爱玩
"魔兽"游戏的知音

当春风化成雨露
我爱旷野飞翔
雨露是精灵枕在我肩上

死骑前方
知子伴着我的影子
我依偎在你身上

一场厮杀后的休憩

流星划过

定格了我们三个的脸……

2006.11.25

暗夜

梦，烟雨！

饥渴的大地兴奋了，
空气湿了，
难耐的燥热折腾两天后，
终于要消停了；
皱缩，云化成水的前奏，
酝酿着开春头一场烟幕——
所谓的帘——落！
东风就要来了，我感觉到了，
感觉到种子那托起巨石的力量；
我合上了眼睛，
极力地找寻着春雷的蛛丝马迹，

轰隆——来了!
我听到了!
雨雾迷蒙了街道、田野——
那是模糊的梦;
轻柔而带着绿意。

2007.03.17

杂感

累已使我麻木
麻木在旷野
没有风

家在梦里点灯
我在心中呼喊
夜来吧

2007.04.29

雨·四季

春

如烟,似雾,若尘;

像牛毛,又像细丝般轻柔;

你织成衣裳朦胧;

盖在身上。

夏

夏季里的主调,

雷是前奏,既而你落下,

狂风也赶来凑热闹。

秋

一丝丝的线?

不像!像珠帘!

你梳理喧闹过的大地。

冬

南方是你的家，

雪带着你远游北国，

你凉，凉过秋，但比冰热。

2007.05.24

物语·茶

凝视着不知名的树上的
那片不舍得凋落的叶子，
心里涌动着莫名的哀痛。
端起茶杯轻轻地抿了一口，
茉莉的香味儿萦绕着鼻尖，
是那么的醉人，
"人们采摘你的时候
你是觉得幸福呢，
还是痛呢？"

酸中带着山里的青草香，

抿一口,
让茶汤在嘴里婉转迂回,
整个人犹如站在山巅,
微风拂面……
好一味"铁观音"!

我还是怀念
喝"大碗茶"的日子
——和小伙伴们围着村子
你追我打,
闹腾出满身的汗,
跑到茶桌前捧起一碗,
咕咚咕咚地灌下,
那叫一个痛快!

逐渐长大,
逐渐成熟的我
已经没有了那烂漫的日子,
迎接我的是
成人的世界。
茶是最近才开始喝的,
以后还会喝下去吧,
是要喝到老去。

2009.11.01

寻

幽暗的暮色，
若隐若现的灌木林，
无尽的沼泽地，
还有那冷冷的风；
我牵着你的小手，
望着蓝色的月，
找不到出口，
无数次地改变着方向；
无数次的失败，
还要继续尝试？
生命存在的意义，

就是为了逃出这片沼泽?
我已无力支撑双眼,
就这样睡去吧。

2009.11.13

思念

我矗立在雨中,

体味着梅子江南;

纷纷的雨水啊,

那么的温柔缠绵;

空气溢满了香,

我又错过了相遇;

难忘你的回眸,

就像暖人的春风;

你的秀发飘逸,

漫天飞舞的柳絮;

你的微笑迷离,

带着春天的气息；
我真的想见你，
在这暮春与初夏。

2009.12.22

迷茫

迷茫束住了双脚,

哪儿才是前进的方向?

舒展了下疲惫的身子,

我在为谁奔忙?

我注视着自己的眼睛,

看见的是荒凉。

那是沼泽还是水塘?

雾啊,

你何时散去?

死一般的沉寂,

什么在咚咚作响,

啊！
豁然开朗！
溪水欢畅，
跃进汪洋。

2010.07.27

十三

雨还在半死不活地下着,
路灯的光线被涂得昏黄,
郁葱的街道映衬着深冬,
自觉是晚春怎这么的冷,
一只孤单的影子飘浮着,
裹得密实的他窥着前方。
我依着椅子眯视那蛋黄,
羞涩里泛着彷徨的暮色,
哪个没落的帝国在衰亡?
是事事无常作弄着欲望,
还是风平浪静念着幻想?

残碎的脉络强撑着枝体，

面对消逝挣扎还是怀伤？

2010.02.13

那抹春

榆钱耐不住这复苏的三月,
麻雀儿嬉戏难解黄鹂儿鸟,
纸鸢招摇禁不住孩儿童笑,
大个儿的木棉舞动着火红,
飘曳的杨絮儿妩媚着缠绵。

人面桃花儿丛不见,
乍暖还寒葱郁南峦。
冰糖葫芦儿透心甜,
翠玉白菜把花儿簪。
红男绿女儿绕指柔,

胭脂水粉把情儿点。
风云雷动天儿变脸,
淅淅沥沥雨润河山。
堤柳吐穗儿纷飞鸳,
候鸟儿北归二月剪。

老爷爷的炉火上煨着茉莉,
老奶奶戴着花镜纳着绣鞋,
黄牛哞哞唱犁铧翻动稻田,
船夫哼着小调舟过百川佃。
春光无限好一幅动人画卷。

2011.02.11

风车

把风儿化作信念
转着童年
呼呼地唤着歌谣
串着火烧
追逐屁孩儿的影子
窜得欢

2011.02.18

纸鸢

你牵着谁的思念?
东风不解嫣红绿暖。
是我拽着你的红线不让你消散,
还是你畏惧黄昏之后的黑暗?
我把你交给风吧,
她会带你去那桃园。
心头的不舍欲阻止双手,
我掷起刀,
莫名的声音打断了我的心念。
真要舍你去割那线?

暗夜

西斜的太阳把霞鸢散满山尖。

日啊,

您在向谁召唤,

难不成您也孤枕难眠?

忘记了刀还贴着线,

好酸,

我放下了手。

线断鸢飞,

很是挂念。

好吧,

就让离散的他陪你孤单吧。

2011.02.28

霾

少女的潮红锁着深闺的腼腆，
温柔的眸子里全是春天，
理一下鬓角湿了眼帘。
是躁动，
是向往，
是那朦胧的山肩。
心里挂满了桃红，
你看！
那欲火的花瓣。

尘埃幻化的披肩，

暗夜

五彩的丝线，

是那琴上的弦。

草染了你的乐章，

蘸着露梳理着脉络；

虫声附和着舞动的足撵；

你眯缝着眼故作调皮地捏着鼻尖，

湿润的窗台上你的白嫩的脸。

来吧，

穿上鞋，

我们一起去和太阳做伴。

2011.03.01

夜路

昏黄的路灯悬在空中,
在水洼里映着自己;
没有虫鸣,
我望向前途,
看不见!
漠漠地迈着腿,
一只似猫的生物掠过;
一惊!
原来我已没有了魂魄;
那我惊的是——
自己真的死了?

暗夜

不，
还有气息，
微弱地呼着垂在唇边的头发；
温柔的夜，
你就把我裹起来，
我累了，
真的！
"不，你还要赶路。"
你对我说；
是的，
我还要赶路，
我还要去做伟大的事。

鼓舞着，

起身,
一个趔趄扑进水洼里。
哗——!
我清醒了,
那只猫原来还没走,
一直注视着我
然后它来到我的左手边,
喵——
顺势舔舐着渗着血的伤口,
我咬紧牙然后用力一撑,
坐了起来!
手触着猫的皮毛,
湿漉漉的。
貌似有了点力气,

暗夜

我手支地，
半屈起腿脚一蹬，
我站了起来，
我抱起猫，
迈起了步子。
是的，
我的夜路还没有走完，
黎明——
不远了吧。

2011.03.05

不再

不再为对和错去纠结青春,
开始为了饭和钱去贪早慕晚,
忘了时间;

不再为情与爱去耗着时间,
开始为了妻和子戴着面具游戏人间;

不再为青春去挥霍叛逆,
开始奔走着应酬,
疯长着肚子和脸;

暗夜

不再为了理想去拼搏生命，
开始为了皮囊出卖自己的谎言；

不再仰着头去幻想和星星做伴，
为了饥饿你不能缩软；

不再弹着吉他去耍酷脸，
为了责任你扛起了天；

不再牢骚世道的黑暗，
你一声：
"起！"
要立一方田。

世道还是那么污浊,
孰过问世间冷暖?
你握起了拳头,
咬着牙关。
汉子,向前!

2011.03.10

离秋

离秋是那心儿被滋润的枝头?
用萌发掩盖了愁?
还是化解了烟云闹着情柔?
难道是绕指的诱惑诉说着
相拥的弥留?

2011.03.25

清明

是尘土还是雨珠,
附在花白的烦恼上,
未曾逝去?
姥姥左臂上的篮子,
倔强的酒瓶伸着。
篮子上的布盖着,
盖着心疼,
盖着埋怨,
盖着呢喃。

厚实的老茧是故事,

暗夜

一起劳作为了明天。
雨啊,
你为什么湿那花白的鬓角?
姥姥牵着我的右手,
遵着姥姥的嘱咐,
小心踩着步子。

眼睛里只有野菜,
毕竟三月的天,
漫山的嫩草香。
营地里散落的碑台,
换下坟头上的黄纸,
姥姥摆下酒菜,
点起香,

烧着纸钱。

升腾的火催促香烟,
不要落下思念和纸钱。
我仿佛看见姥爷温和的脸,
姥姥唠叨着
刚过的年和儿女的平安。
我举着伞,
姥姥翻弄着纸钱,
烧成了灰。

姥姥摘下湿漉的头巾,
抹净手,
将碗里的桃酥

暗夜

塞进我的嘴里。
那是姥爷爱吃的桃酥,
我掰下一块大的塞给了姥姥。

油油的麦苗铺满梯田,
一两声鸡鸣报着天。
村子上弥漫起思念,
入夜的坡道上,
一高一矮,
花发牵着屁孩。

2011.03.31

坟

月光涂满了坑,
围着碑的草已斜;
那么茂密盖过了膝,
埋的谁?
小石桌装点青苔,
怕碑边人寂寞;
我洒了一杯酒,
英雄不惧冷漠。
入耳的马鸣踏破怒火,
远处一片银色;
或许你是握笔的战士,

暗夜

倔强的字不给纸丝毫脸色。

那只是虫子唱着月色,

远处依旧铺满银白,

我挪了块扁石坐下,

点了三炷香。

2011.04.08

潮

映红桃花的少女的脸
躁动的鹿驰骋绿野原
那白马啊!
是谁家的少年郎?
羞掩的唇角透着欢颜
就让那花树装点房檐
留扇窗子滋润东风雨
干脆浇注滚烫的丹田
化成蒸汽寄少年思念
相约花前共剪中天月
鸳鸯戏水不慕水暖寒

腼腆不讳少女的初潮

2011.05.17

封印

泥沼覆了肃穆,
幽紫是瘴的魂灵,
吐着绝望的信子要勾噬什么,
恶心得让人麻木。

为何要生在这里?
连光都舍弃的原栖,
这里没有死亡。
那模仿虫子吟唱的莫不是鬼?

腐败的气味滋养睾戾,

暗夜

我是在做生的挣扎,

还是我已死?

流逝的生命被刻上六芒星。

我要冲破这封印,

我要拥抱黎明。

还是那紫雾!

还是那磷火!

细听那吟唱,

多了呼应,

它要来了吗?

泥沼的王!

只见硕大的

雪团一样的眼睛,

快!
我伸出手作迎接状,
于是凝固了。

2011.04.23

棉花糖

躺在山腰数棉花糖,
香甜的草藏着梦想。
湛蓝色缎子要做谁的裙裳,
天边的云朵是美丽的毯子,
把它盖在身上裹成棉花糖;
或者踩在云朵上空翻筋斗,
或者抱回家给妈妈纺成线,
做成裙子罩在身上。

轰隆隆一霎白光,
黑压压的墨水汤,

润了梯田湿了衣鞋，
棉花糖化成了头巾，
可爱的梦化作向往。
庄稼欢乐浣洗泥浆，
草木畅饮甜美的汤，
忘不了齿间那醇香。

2011.05.08

端午

升腾的炊烟熏着木檐灰瓦

木屐叩着石板青苔

新纱包着甜粽

丝线的绣印是对丈夫的诉念

母亲的吆喊

贪慕玩耍的孩童

落（là）下了留连，

和（huó）着晚霞织成了布

扛着锄头归家的汉子

赤膊上的沟壑种着天

夜的黑布盖不住灯火

我捏拉着嘴角

比画成布上的月牙

2011.05.03

芒种

劲壮的黄牛拉着犁铧,
翻起的土块埋下庄稼;
畅快的汗乘风舞动,
落在地里,
找不见踪迹。

劳作的号子诉求着岚风,
呼唤那雨水把种子浇灌,
好让梯田嵌上禾苗与绿薯藤;
待不急那雨了,
庄稼人舀起水,

在土地上纵情地泼洒。

孩童忘我地嬉戏,
爹娘呼唤,
留连不知返;
柿子树上的青果呼应着翡翠山楂,
我望见了八月十五的红果;
望见了丰收的庄户人家。

2011.06.05

立秋

柿子现黄,
散播着甜香,
诱不住那山雀啄食;
莫不是七夕之会空乏了皮囊?
等不了收获,
顽童攀着树枝摘那软果;
眼里只有那抹上软柿子的
香喷喷的煎饼。

蒲公英散着信子,
带着童年的梦;

誓拜的苹果树下，
已找不见青梅竹马。
只留那满树的果子，
红赛朝霞。
摘一颗，
啃一口，
好像她唇角的味道。
我湿润了双眼……

2011.08.01

九月九

缭乱那枯草,

抖落薄霜,

不比那云儿遮太阳;

携谁去登高?

摘茱萸比越椒,

才不输那辟邪翁①;

登顶才知天高,

唯风吹不散云儿,

---
① 茱萸,又名越椒、辟邪翁(雅号)。

念那阳光;

炊烟渲染着村庄,
造不出蓬莱,
只为人间好重阳。

2011.10.04

深秋

晨露覆那枯叶结霜,
寒了悲秋,
终是水气。
空枝满载了风,
吹落寂寥,寻伊何方。
铺陈的败落,
述着战迹,埋盖果子。
去迎那风,去梳理怅惘;
我紧了衣襟继续赶路。

2011.10.23

黄昏

握你的手,只有冰冷,

刺脸的风扫着黄昏,

你的倩影抹进了夕阳,

再次地愧疚,我找不到借口;

你还是卖萌似的傻笑,

问我的肚子还能坚持多久,

把你的手揣进怀里,

管他衣服上的湿墨斑斓;

你说我要成为父亲了,

暗夜

把我的手捂上自己的肚子,
先是迟疑,后又欣喜,
我笑看着夕阳,滴着珠子,
然后携你融进了黄昏。

2012.01.09

念

烟火亮着大红，

仿佛是夜的胭脂；

鞭炮赶着年，

逗乐了孩童，

嘴里的糖糕赛那花黄，

莫是桃花人面醉了小伙儿的脸；

待到东风化了隆冬，

相携南窗种下牵牛，

合上眼，做个甜美的梦。

2012.01.22

染

揭不开那清雾，弥漫成迷茫，
点一束别样的红，染成嫁妆，
馨润的朦胧，湿了心裳，
欢喜地盼着，贴心的暖阳，
已是黑幕，起了风，
月弦奏起星辰，偎床作双，
雾起愈浓，遮了那红。

2012.02.12

樱

柔润的粉红,
好(hào)娇颜易碎难欢;
露枝头欲盖春寒,
诉人以春之灿烂;
招蜂引女伊手相牵;
信步樱林,秒速五厘米的浪漫;
或依偎,或呢喃,
折一朵,把伊簪;
还(huán)家好缠绵。

2012.02.15

杏

繁坠的粉嫩,支不住的直白,
风自东南,飘落的花瓣很是烂漫;
恬香迎面,充盈了鼻田,
仿佛望见杏已成熟,津涌齿间;
不忍折枝,把她化作梦,
然后种在心里。

2012.03.03

星语

七夕

望天台不见鹊桥,
只得云遮月影斜。
斟一杯寂寞萧何,
离人无泪饮苦水。
挥袖婆娑面沾湿,
身起墩凉入骨寒。
漫步花径秋虫媚,
孤木朽败盛苔青。

2006.07.07

中秋

桂枝头下沐月辉,
口塞佳肴祝酒杯;
丰年仓满喜人醉,
觥筹交错往来频;
树风摇曳三人影,
鼻眼一线觅肉臭;
故人何处与行酒,
身正影斜莫贪杯。

作于2009年中秋之夜

活

裕锦食肉欲满高,
困顿剜菜刈猪草。
歌舞升平天际去,
婴孩啼哭恋爹娘。

2010.09.19

宿噫

梦里楼台为哪般,尽是绫罗绸缎;
孤月凉风煨浊酒,不畏那薄衣衫;
轻舞烛影觞青瑟,浮袖扇着萤火;
秋霜压不住惊蝉,断壁残垣声变。

2010.12.10

猸观音

峰岚拨弄疏云,珠汗叶映采民。
不见红裳薄衣,调荡山涧萦回。①
泡一味色金黄,好一口迷魂芳。
尝遍天下泥土,还弃草之腥汤? ②

2011.01.23

---

① 调荡山涧萦回。调读[diào],指茶农采茶的时候哼唱的曲子。

② 还弃草之腥汤?还读[huán],通还[hái],那么。汤读[shāng],通汤,茶汤。

盐之过

盐无过，
愚人谎，
慌了心神亏了盐仓；
逐黄土，
赶爷娘，
娘唱还我碘酒米粮。

2011.03.22，谣盐事件后

小醉

孤身坐寒椅,
人影对斟酌;
不问天下事,
悠然奈我何。

2011.04.25

端阳①

蛟龙破水锣鼓起,

两岸鼎沸人海潮。

金桂冠以垂堤柳,

九重鳞锁解渔人。

2011.5.29

---

① 端阳的来历有多种说法,下举两种:
*传说
很久以前,西岸没有河流,只有一条又小又脏的水沟。一天,有个打鱼人在水沟里网住了一条小蛇。这条小蛇十分奇特,尾部有九片闪耀的鳞片。当渔人把手触向鳞片时,蛇眼里闪着乞求的光芒,十分可怜。渔人顿生恻隐之心,抚了一下它的鳞片,就把它放回了水沟。谁知那九片鳞忽然落了，小蛇长身而舞，化为一条小龙。原来，它是一条上天的神龙，因触犯了天条，受玉皇大帝处罚，变成这模样，它的尾巴上被加了九把锁——就是小蛇尾上的九片闪耀的鳞。玉皇曾言："这锁要打开，除非得到人的阳气。"刚才渔人无意中竟打开了小龙身上的千年枷锁。小龙为了感谢渔人，在水沟里不停地翻动，并从口里不停地喷出水来，灌注在小水沟里。慢慢地，小水沟变成了大河（也就是现在的西岸河），河水为西岸带来了五谷丰登。为了纪念这条神龙，人们把沿河的村子称为龙头寨、上龙首等。在神龙升天这一天，也就是端午节举行赛龙舟，以示庆贺。

*龙的节日

这种说法来自闻一多的《端午考》和《端午的历史教育》。他认为，五月初五是古代吴越地区"龙"的部落举行图腾祭祀的日子。其主要理由是：（一）端午节两个最主要的活动吃粽子和竞渡，都与龙相关。粽子投入水里常被蛟龙所窃，而竞渡则用的是龙舟。（二）竞渡与古代吴越地方的关系尤深，况且吴越百姓还有断发文身"以像龙子"的习俗。（三）古代五月初五日有用"五彩丝系臂"的民间风俗，这应当是"像龙子"的文身习俗的遗迹。

芒种

麦熟催人刈，
谷黍急种黄；
稻秧映田绿，
蛙声吟唱忙。

2011.06.05

中元

槐影空翻动,
路漫火魂灵;
不见月犬噬,
百鬼夜行抄。

2011.08.14（农历七月十五）

团圆[①]（一）

煨浊酒不解清露，秋风染透百果香；
庭院围桌杯交影，久置佳肴不嫌凉。

团圆（二）

煨浊酒难解月夕，秋风饰果百香奇；
庭院围桌杯交影，佳肴久置适相宜。

2011.09.11（中秋节前一天）

[①] 第一首：谁能去规定诗的形态？不压韵就不是好诗了？干吗非要是"好诗"？那什么才能称得上是"好诗"？洒脱一些不可以吗？

第二首：好吧，这首改成了压韵的。

九月九

摘菊比照斜阳暮,
故人同好互插萸;
忽来风起残飞坠,
梦里不见黄花郎①。

2011.10.04

---

① 这里的残飞坠(《生草药性备要》)、黄花郎(《救荒本草》、双关语),指的是蒲公英。

失眠

夜半好灯台,
馨氲味黄汤;
一壶岚新绿,
观音不下山。

2011.10.14

问愚

伊奈何
洲不见
空了秋冬

单留枝
不落羽
满是树风

立江舟
问鱼蹄
水调歌头

言不复

水难收

孰解媛①羞

2011.12.05

---

① （读yuán，同婵chán，基本字义1. [~娟]姿态美好，如"竹~~，笼晓烟"；2.指美女，如"一带妆楼临水盖，家家分影照~~"；3.指月亮："但愿人长久，千里共~~。"）这里指美女。

洗愚

瘴漫南风不消雾,
二月湿露四月关;
为暑春头尤换洗,
愚落身恬梦迷离。

2012.02.24

后记

这是我的第一首作品,创作于2002年仲夏,现在来看,很是幼稚:

呼唤

犹如春天呼唤雨水,
夏日呼唤清凉,
秋天呼唤果实,
寒冬呼唤暖阳。

春雨听到了,

从天上落下；

清凉听到了，

来到了夏日身旁；

果实听到了，

缀满枝头；

暖阳听到了，

挂在冬日的天空。

适合亿万中学生的歌啊，

你在哪里？

我的呼唤

你能否听到？

你能否听到？

（指导老师 万福友）

后记

这首诗收录在《竹林新叶——深圳市竹林中学学生优秀作文选（一）》里。

之后断断续续写了些，稿纸是一直收着的，搬过一次家后找不见了，仅存了这首。

我是2006年年尾正式开始鼓捣诗的，提笔后就难以停下来。多是写自己成长过程中的那些躁动和天马行空的梦。

在《呼唤》之后有了出版的念头。

于是把写的收集起来，就有了这本集子。

暗夜星语
2012年3月20日